La chorale
des grenouilles

Frantisek Bakulé
illustrations de Brigitte Perdreau

Castor Poche
Flammarion

© 1995 Castor Poche Flammarion
Imprimé en France - ISBN : 2-08-162981-X - ISSN : 0993-7897

Cette histoire (tout à fait véridique) s'est déroulée dans un village de Bohême au début du siècle. Dans ce village, il y avait une école ; dans cette école, une classe unique ; dans cette classe, une douzaine de filles et garçons de six à treize ans ; et pour faire la classe, un jeune instituteur. Frantisek Bakulé était son nom.

L'école, il la faisait aussi dans la campagne environnante. Mais... chut ! écoutons monsieur l'instituteur :

Au creux d'un vallon boisé se trouvait un étang où logeaient des régiments de grenouilles. Elles nous charmaient autant par leurs chants que par leurs ébats.

Parfois, nous surgissions d'un bosquet avec une soudaineté d'Indiens, ravis de voir les pauvres batraciens épouvantés sauter à l'eau, tête la première. Plus souvent, nous approchions avec des ruses de Sioux, à pas feutrés, pour prêter l'oreille à leurs concerts.

Mes élèves se mirent tout naturellement à imiter leurs coassements. Quelques-uns arrivèrent à une telle perfection qu'on ne différenciait plus leurs voix de celles des grenouilles. Ils observaient aussi leurs mouvements et s'intéressaient à leur vie. Ils semblaient comprendre leur langage. Ils se disaient : voici le père, voici la mère. Où sont leurs enfants ?

Ils distinguaient des grands-pères et des grands-mères, des oncles et des tantes. Ils n'avaient plus qu'à leur donner des noms. Certains prétendaient reconnaître leurs grenouilles préférées à la voix.

Et voici ce qui arriva par une chaude après-midi d'été. Notre emploi du temps prévoyait une lecture. Mais la lecture n'allait pas du tout.

Durant une pause, dans le calme de l'étouffante moiteur, le petit Proca dit tout haut :
– Ce qu'on serait bien dans l'étang, comme les grenouilles !

Cela n'avait bien sûr aucun rapport avec la lecture !

« Eh bien, soit, me dis-je. Mieux vaut une bonne conversation qu'une mauvaise lecture. »

Je demandai donc à Proca :
– Pourquoi ?
– Eh bien, les grenouilles ne portent pas de vestes, ni de culottes. Rien. Et elles se baignent !...

Ces remarques risquaient d'éveiller des désirs subversifs. Je me hâtai de conjurer le péril en disant :
– Et elles coassent. Elle coassent si bien !

Je prononçai ces mots d'un ton aussi mélodieux et suggestif que possible.

Milos, qui aimait à chanter, se laissa séduire :
– Si au moins nous pouvions coasser !, soupira-t-il.
– Mais vous le pouvez, m'empressai-je de répondre !

Et comme le coassement était plus amusant que la lecture, la classe, d'un seul coup, devint un étang.

Un instant, j'écoutai le concert improvisé. Je suivis leurs essais avec intérêt ; les enfants s'en aperçurent et s'appliquèrent.

Deux ou trois commencèrent à rouler les yeux et à gonfler les joues pour se transformer tout à fait en grenouilles.

Soudain, je frappai des mains. Aussitôt, Frantik, consciencieux à l'extrême, plongea sous son banc en faisant « plouf » !
– Ce qu'il a eu peur !, s'écria Nacik en riant.

« Les y voilà ! », me dis-je, et je mis à profit sans tarder leur bonne disposition.
– Bien, mes enfants ! Vous chantez aussi bien que ces dames de l'étang. Maintenant, procédons avec ordre. Vous, là-bas, près de la fenêtre, vous resterez des humains. Vous serez le public. Faites attention et écoutez bien. Vous, le long du mur, vous serez les grenouilles.
– Et les bancs ? demanda Proca. Ce sont les herbes de l'étang ? Si on nous effraie, eh bien, nous ferons « plouf », comme Frantik.

– Alors, commençons !, dit Nacik.

Et il gonfla ses joues.
– Attends, attends ! Je vais d'abord vous distribuer vos rôles, pour que personne ne crie n'importe comment. Le concert doit être parfait, puisque vous avez là des auditeurs d'importance, dis-je, en montrant le public assis près de la fenêtre. Vous, les grenouilles, je vais vous séparer en groupes, selon vos voix. Pepa sera le papa. Il a la voix qui convient. Anca sera la maman. Emil et Mlada leurs enfants. Vous quatre, parfois, vous chanterez seuls ; vous serez les solistes. Les autres formeront le chœur. Les garçons qui ont la voix grave feront les grands-pères et les oncles grenouillards, et les filles à la voix claires seront les tantes et les grands-mères.

– Proca, M'sieur, faut pas qu'il coasse. Il gâterait tout, supplia Frantik. (Il avait l'oreille très juste tandis que Proca était musicalement sourd.)
– Et vous, M'sieur, vous pourriez faire ce vieux père grenouillard tout enroué, me proposa Nacik de façon peu flatteuse.

Je fis gravement un signe d'assentiment.
– Très bien, dis-je, je vais m'asseoir devant vous sur ce banc — non, pardon — sur cette feuille de nénuphar. Je suis le plus âgé et le plus instruit des grenouillards et aussi le meilleur musicien. Je vais donc diriger le chant. Allons, attention, les solistes vont commencer. Celui que je désignerai d'un signe de tête devra se mettre à coasser. Si je lève la main, les doigts écartés comme ceux d'une grenouille, c'est l'ensemble du chœur qui chantera.

  Je regardai un moment devant moi fixement, comme un vieux père grenouillard. Puis, gravement, lentement, je fis un signe à Pepa. Il se mit à coasser d'une voix profonde. Je me tournai vers Anca, sa voix d'alto s'éleva, tendre et languissante. Puis je jetai un coup d'œil derrière moi, vers Emil et Mlada. Alors se fit entendre le coassement, bref et plaintif, de deux petites grenouilles.
– C'est beau, pensa tout haut Tonca, qui avait le sens artistique développé.
  Je lui jetai un regard de blâme, Nacik le remarqua et dit durement à Tonca :
– Alors, quoi ? Ne leur fais pas peur !
  Personne ne rit. Il était évident que chacun vivait dans la peau de sa grenouille.

Les grenouilles, les doigts écartés, se reposaient sur les bancs, la tête sur le pupitre.

Les joues gonflées, elles me dévoraient toutes de leurs yeux écarquillés, moi, leur chef d'orchestre grenouillard.

Près de la fenêtre, les enfants qui étaient restés des humains retenaient leur souffle et n'osaient pas remuer de peur d'effrayer les batraciens.

Je fis à nouveau signe aux solistes. Ils répètèrent leur partie avec application. Puis je levai les deux mains, et lentement j'écartai les doigts. Le chœur, impatienté par la longue attente, éclata soudain en « coa » bruyant.
– C'est mal, dis-je en lançant un regard mécontent au chœur indiscipliné. Je n'ai pourtant pas déclenché vos cris par un mouvement brusque. J'ai levé la main lentement et remué les doigts l'un après l'autre…

... Je voulais ainsi vous indiquer qu'il ne fallait pas vous presser, ni coasser tous ensemble. Si j'avais voulu un tel résultat, j'aurais fait comme ceci.

Et je mimai de la main un geste violent vers le chœur, en fermant d'un coup tous les doigts.

Nacik, d'une famille de musiciens, suivait bien mon explication et l'approuvait de hochements de tête.

Les grenouilles acceptèrent les reproches avec une humilité touchante. Je voyais qu'elles transformeraient bientôt leur fantaisie naturelle en une stricte discipline musicale. Et c'est ce que je désirais.

    Faire comprendre aux jeunes membres de ma chorale improvisée la différence entre les cris lancés au hasard par une troupe ignorante et les chants d'un chœur discipliné obéissant aux règles de la musique.

– Recommençons, dis-je. Écoutez ! À mon signal, c'est d'abord le papa et la maman qui vont se faire entendre. Après, toujours à mon signal, les enfants chanteront en sourdine rapidement. Faites bien attention, grenouilleaux et grenouillettes ! Peut-être ferai-je répéter leur chant aux solistes. Ensuite seulement, viendra votre tour à vous, grands-pères et grands-mères, oncles et tantes. Vous chanterez tranquillement, comme là-bas les grenouilles de l'étang, l'un après l'autre, ou par petits groupes, comme je vous l'indiquerai par gestes..

Il me fallut plusieurs fois arrêter tout, d'un coup de règle sur le bureau. Les grenouilles recommencèrent encore et encore avant qu'elles fussent capables de réaliser, à ma satisfaction et à celle des auditeurs, ce que leurs amies de l'étang réussissaient sans chef d'orchestre.

Tout finit par aller si harmonieusement que je pus confier la direction du chœur à Nacik et me contenter du rôle de gros grenouillard enroué.

Durant la conversation qui suivit, Pepicka demanda :
– Est-ce que quelqu'un dirige aussi les grenouilles de l'étang et leur enseigne à bien coasser ?
– Pas tout à fait. Les jeunes, sans même s'en apercevoir, apprennent à coasser en écoutant les vieilles grenouilles. Et leur chant n'est pas toujours assez beau pour satisfaire un connaisseur. Comme je voulais que votre coassement fût musical, il m'a fallu vous diriger. Vous avez dû vous comporter selon mon désir et mes instructions. Quand vous-mêmes ressentirez ces exigences et en comprendrez les raisons, vous serez devenus des musiciens.

C'est ainsi que je parlai avec mes jeunes adeptes de la musique.

Leurs yeux brillaient d'enthousiasme et d'intérêt. Ils avaient oublié qu'ils avaient si chaud.

Les enfants prirent ainsi l'habitude de chanter souvent. Ils chantaient si bien que les habitants du village se rassemblaient sous les fenêtres de l'école pour les écouter.

Plus tard, Frantisek Bakulé créa la Chorale des enfants Bakulé. Elle eut un tel succès qu'elle fut invitée, entre 1921 et 1929, dans de nombreux pays et alla même jusqu'aux États-Unis. Sa dernière tournée, qui fut un triomphe, se déroula en France où les enfants donnèrent plus de deux cents concerts.

*Grâce aux recettes des concerts,
les "enfants Bakulé",
comme on les appelait,
purent faire construire, à Prague,
un institut pour enfants handicapés.*

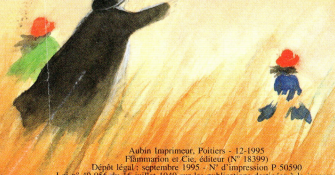

Aubin Imprimeur, Poitiers - 12-1995
Flammarion et Cie, éditeur (N° 18399)
Dépôt légal : septembre 1995 - N° d'impression P 50590
Loi n° 49-956 du 16 juillet 1949 sur les publications destinées à la jeunesse